은색 봄비

은색 봄비

유가형 시집

시와반시

시와반시 기획시인선 028
은색 봄비

펴낸날 | 2023년 11월 1일 초판 1쇄

지은이 | 유가형
펴낸이 | 강현국
펴낸곳 | 도서출판 시와반시

등록 | 2011년 10월 21일 등록(제25100-2011-000034호)
주소 | 대구광역시 수성구 지산로 14길 83, 101동 2408호
전화 | 053) 654-0027
전송 | 053) 622-0377
전자우편 | khguk92@hanmail.net

ISBN 978-89-8345-153-8   03810

자서

벌써 시간이 이렇게 됐나?
창밖을 보니 서쪽 하늘에 오렌지빛 노을이 곱네
해가 기우는 줄도 모르고 놀고 있었네

몇 걸음 더 가면 곧 닿을 그곳
닿기 전에 밀린 일 좀 하고 가려니
한가하기는커녕
아이고! 정신없이 바쁘네

2023년 가을
유가형

차례

2부 | 임씨 세거지

3부 | 친구들아, 봄 마중 가자꾸나

4부 | 악마의 발톱

1부

그랬을 거야

그랬을 거야

동해에서 감은 귀밑머리 걷어 올리며
허리 펴는 태양이 잠 깨기도 전
팔공산과 가산 유학산 함지산이 빙 둘러싸고
금호강이 흘러 낙동강과 만나는 곳
칠곡을 낳을 요람이 완성되었을 거야

해와 달 구름과 별 천둥의 축하를 받으며
신석기 몸에서 천 년 전 노산으로 태어난 칠곡,
어린 그가 신라와 백제의 각축장으로
피부병에 속앓인들 없었을까?
풀각시들의 부추김에
신발 끈을 한두 번 조였을까?
곤한 한뎃잠을 자면서 여기까지 왔을 거야

할머니 그 할머니의 염원이 칠곡을 지켰고
칠곡 향교 사양정사 매양서원이
수많은 인재를 길러냈을 거야

뻐꾸기가 딸꾹질하듯 울어대는 날이면
마비된 팔거산성 다부동 전적비의 피 울음이
붉은 으아리꽃을 피워냈을 거야

고속도로가 가슴팍을 가로지르는 지금
채석강 바위처럼 쌓여진 역사 위에
번영과 발전을 거듭하며
수수만년 미농지처럼 쌓일 거야
과거와 미래를 그물코 엮듯 이어 나갈
칠곡이여 영원하라!

* 칠곡 천년 백일장 수상작으로 운암지에 시비로 서 있음

내 아들의 구두

구두의 뒷굽이 푸슬푸슬 삭아 떨어진다
떨어진 고무 굽에서 나는 고된 삶의 생채기들
고달픔의 딱지들이 자국마다 떨어진다
예고 없이 밀려오는 두려움 저 굽으로 견디었구나
가는 길은 높고 가파른데
그 험한 길 걷는 굽인들 성할 리 있었을까?
굽에서 전해오는 순도 높은 이 짠한 애처로움
탕약을 마신 듯 입 안이 쓰다

엄마 앞이라고 속 내를 드러내는 구두 굽이 들썩
인다
말하지 않아도 짐작이 간다
속이 백 리나 깊은 내 아들아
너희 아버지가 그랬고 네가 그렇듯 네 아들도 마
찬가지다
멀리 돌아가는 길은 있을지라도
쉽고 편한 길은 없는 삶인걸

구두 새것으로 갈아신고 구두끈을 단단히 조여라
누구의 삶이든 다르지 않다는 걸 알고 있는
속이 백 리나 깊은 내 아들아!

식탁 건너

식탁 건너 술빵 한 조각을
우물, 우물거리는
남편의 마른 볼의 볼살이 출렁인다
처진 눈꺼풀이 덮힌 가늘게 뜨는 눈
깊어진 볼우물
나는 고개를 숙여 눈을 치뜨고
가만히 들여다본다

가느다란 다랑논에 잘름잘름 넘치는 우수가
한가득이다
우리 둘이 오래오래 이 식탁 가운데 놓고
아침 식사했으면 좋겠다는 내 말에
남편은 한참 후에야 눈치챈 듯

"썰데없는 소리 그만해라이"

큰소리에 놀라

멀리 튄 안쓰러움을 맨손바닥으로 쓸어 창밖으로
던진다

오이장아찌

처음 만났을 때 당신은
꼭지에 노란 꽃이 채 떨어지지 않은 키 큰 백오이
아삭아삭 초록 향이 났지요
살면서 피할 수 없었던 소금이나 식초를 만나는 건
고통이란 걸
말하지 않아도 표정으로 알았어요
어쩌다 단맛은 번개 치듯 순간이었죠.
세월은 수분 다 빼앗고
얇아진 얼굴엔 깊은 주름이 들어앉고
히죽히죽 풀 빠진 바짓가랑이만 남았죠

세월이 가면 갈수록 당신에게선
흉내 낼 수 없는 깊은 맛이 났지만
시지프스가 밀어 올리는 바위처럼
팔십 네 평생 밀어 올려도 자고 나면
또 그 자리
다시 밀어 올리는 그 짠한 후줄거림!

씨 뿌리지 않아도

무성하던 숲을 시간이란 도둑이 간벌間伐해 가고
듬성듬성한 숲에 눈까지 내렸다
몇 년째 내려도 녹지 않는 눈 쌓이기만 한다

이마에 파인 세 줄 봇도랑 건너뛰면
맑은 샘 위 작은 소나무 우듬지
두 눈썹에도 싸락눈이 내렸다

능선을 타고 미끄러지듯 내려오면
일구던 보리밭 손바닥보다 작은 밭 두 때기
씨뿌리지 않아도
하얀 보리싹 수백 번도 더 베지
아직도 사흘이 멀다고 올라오는
눈 맞은 차고 하얀 고달픔
보리싹에는 안 맺히고
그렁그렁 내 눈에 맺히는 이슬

초설

머리숱이 듬성듬성 빠진 산엔
폭포도 시원하게 내리꽂히지 못하고
쭈글쭈글한 기다란 바위 사이로
졸졸거리다 쉬다가 또 졸졸

수량은 적어도 밤에는 열두 번도 더 잠 깬다
수목이 푸를 때는 아우성 치며
잘 달려 나오던 폭포
산주름이 깊어가니 영 신통찮다

수량이 풍부할 때는
온 산을 들고 흔들어 털기도 했지만
이젠 털 것도 없다는 푸념이다
늘 푸를 것 같은 소나무에도 초설이 내렸다

물싸리꽃

턱 밑엔 까칠까칠한 하얀 비애
반나절이 멀다 하고 막무가내로 올라오고
구겨진 광목처럼 얼굴 구석구석
피곤한 실금이 애틋애틋 서럽다

발 오그리고 옆으로 자는 꿈은
익다가 그만둔 보리깜부기다
아무리 비벼 봐도 쭉정이뿐
애잔함이 수 놓인 누빈 이불 밖에
돋아난 몇 개의 검버섯

맨발로 오는 짧은 안부 전화에도
그 환하게 피어나던 물싸리꽃
모자 벗은 몽돌 위 듬성듬성한 수초 속에
헤엄치는 은비늘이 유난히 반짝이는
어느 날

고택의 대청마루

능소화 꽃잎 하나둘
연둣빛 바람이 그리는 밑그림 위에
황홀한 기명색, 그 기명색으로
안마당 정갈한 빗자루 자국 위에
한 잎 한 잎 수를 놓아가는 시간

큰 기와집 반들반들 대청마루
들문들 쇠 걸어놓고
능소화 꽃잎 수놓는 소리
두루마기 앞섶이 펄럭였던가

귀 딱 머리 곱게 빗어 땋은 작은 아씨도
동백기름 바른 삼단 같은 머리로
자줏빛 꽃댕기로 쪽 찌른 안주인도
파란 수틀을 쥐고 앉아
뚝! 뚝! 마당에
기명색, 그 기명색으로 수놓는 한나절

아홉 살

 줄배 책보 허리에 매고 시오리길 걸어 타박타박 학교 갔다 집에 오면 엄마는 들일 나가고 소리를 삼킨 배불뚝이 고요만 쌕쌕거린다. 녹색 바람은 지푸라기를 등에 업고 마당을 돌아 고욤나무 발치에 던져 놓는다. 벌거벗은 햇볕은 장독 위에서 서로에게 기대어 잠들고 담 밑 봉숭아는 오므린 입으로 씨앗을 퉤 퉤퉤 뱉었다

 비단 헝겊을 덧댄 적막이 온 집안 구석, 구석 채우면 지구 자전하는 소리 미세하게 들렸다. 마당 앞 텃밭에는 키 큰 상추가 흰나비와 키득거리고 돌담 위 애호박은 도망가는 적막을 끌어당겨 발을 덮었다. 호박벌 하나가 앵~하고 긴 골목을 지키면 몰래 숨어 있는 아빠 색안경을 꺼내어 그 너머로 보이는 새파란 세상하고 놀다가 궐련에 불붙여 한 모금 빨아보고 입가에 마른 고요를 흘리며 마루에 잠들곤 했던 가물거리는 아홉 살 적.

폭포
－잔치국수

신선이 높은 산 위에서
푸른 몇 가닥 가벼운 옷을 걸치고
얼굴을 안개로 가린 체 잔치국수 드십니다
연못 같은 옥빛 그릇에
신선답게 나뭇잎 몇 개 띄우고
중태기를 풀어놓고 다슬기 국물로 말아
통나무 젓가락으로 휘휘 저어드시는 것 보면
시원해서 기가 막힙니다
홀로 도를 통한 신선은 소리까지 줄줄 마십니다
아마도 몇 수십만 년은
새하얀 국수만 드셨을 것입니다

얼음폭포

청 하늘에 둥둥 하염없는 구름 한 조각
어디로 갈지 몰라 서성이는데
누구일까?
잽싸게 그 구름의 척추를 쭉쭉 늘려
잎 떨어진 산허리에 걸쳐 놓은 이가

미녀 닮은 새하얀 뭉게구름
가볍게 산허리에 찰싹 붙는다
산악인이 줄을 그녀의 목에 걸고
등을 쇠갈고리로 긁으니 움찔움찔 시원한가 보다
하얀 목화밭
숨 막히는 장관이다

폭포
―유한청*

천마가 차고 오르는 저 높은 위엄

새하얀 말 갈퀴

원시의 은빛으로 눈부시다

하늘을 오르기 전 뒷발 하나가

넓은 바위에 미끄러져 깊은 지재미 골에 끼였다

수만 년째 빼 올리려 애써도 소용없다

윙~ 윙~ 크게 소리 질러도

애처롭기만 할 뿐

지나는 길손은

놀란 입만 딱 벌리고 바라만 볼 따름이다

어디선가 말똥 냄새가 난다

* 경남 거창 금원산에 있는 폭포

폭포
―옷고름

초록빛으로 단장한 무늬 진 산
선비는 사시사철 서너 번의 새 옷을 갈아입는다
머리엔 꽃수 놓인 푸른 갓을 쓰고
긴 갓끈을 맨다
바위로 만든 나막신을 신은 조선의 선비다

치렁치렁 발끝까지 흘러내린 초록빛 두루마기에
차고 흰 옷고름은 혼인하는 새신랑 차림이다

큰 키에 단정한 옷매무새
먼 길 오너라 발이 부르튼 맨발의 바람도
선비 품에 곤 한잠을 청한다

황색폭포

지구 끝에서 잠자던 숲을 뿌리째 흔들고
천둥이 치는 소리로 갈퀴를 세우고 달려오는 수
사자
거침없이 내달리는 저 울부짖음을 보라
어떤 난관도 거칠 것이 없다.

산이든 바위든 가리지 않는 용맹은 어디서 날까?
근육이 불룩거리면 산이든 들이든 가옥이든 짐승
이든
모두 꿀꺽 삼켜버리는 무서운 저 황색 식성

높은 곳에서는 곡예를 하며 뛰어내리는 다이빙 선
수 같다
피곤한지 걸음이 느려지다가 뛰어넘을
상대를 만나면 또다시 호랑이로 변하는 저 용맹

반월당역*

집 몇 채보다 더 큰 거미가 납작 엎드려 산다

그 큰 몸집에 가는 다리는 전국에서 제일 많단다.

스물세 개의 다리로 영양을 공급받고 뒤처리까지

한다

배 속은 천 개의 태양이 대낮처럼 끓고 있다

만남의 광장, 둥글게 금을 긋고

비실비실 이야기는 공중제비를 돈다

없는 것이 없는 배 속, 부글부글 시끌벅적

지하철 1. 2호선이 탁 손을 치며 지나가고

청라언덕, 이상화, 서상돈 고택. 계산성당, 봉산문

화회관

매일신문, 현대백화점 야시골목, 진골목이

거미의 발끝을 누른다

* 반월당(半月堂)은 대구에 한국인이 세운 최초의 백화점이다

2부

임씨 세거지

임씨林氏 세거지

경남 거창군 북상면 수승대 위 갈천 동문 밀고 들어가면 북 덕유산과 남 덕유산이 내려다본다. 안개가 내뿜는 청정의 향을 맡기도 전, 발밑에 고요가 흥건하며 질척인다. 허리 굽은 소나무와 백로가 맑은 물에 자기 모습을 비춰보며 낄낄대는 곳

토종 오리나무 군락을 이루고 맑은 물이 돌을 튕기는 음악을 듣느라고 자리에선 미동도 안 하고 말을 걸어도 가지로 손짓만 할 뿐이다. 몇백 년의 아름드리 소나무 갈라진 피부를 감고 올라오는 수많은 푸른 실뱀들이 정겹다. 덕유산을 썰매로 내려온 푸른 공기, 지렁이와 굼벵이가 청정한 곳간이란 걸 증명하는 곳.

서간소루 대문 밑에 웅크리고 앉아있는 이수가 등으로 삐걱 대문짝을 여니 해바라기처럼 갈천이 뛰어나와 맞아주는 곳. 삼 형제가 나란히 서 있는 갈천 서

당 들어서면 하늘 천. 따지. 거물 현. 누루 황. 찌렁찌
렁 몸을 흔들며 아이들의 글 읽는 소리 문을 박차고
반갑게 뛰어나온다

입춘

앞산도 툭툭 허리를 치며
뚜두둑 척추를 일으켜 세우고
나무의 애~가지가 가려운 듯 자기 피부를 긁적입
니다
후~불면 날아갈 듯 하늘하늘 사선으로 내리는
은색 봄비는
생강나무 개나리를 꽃 문 앞에서 불러냅니다

하늘가엔 소나무가 제 몸을 흔들어 눈을 털고
솔잎이 푸른빛의 긴 속눈썹을 그립니다
하루하루가 개구리 앞다리만큼 길어지고
잎이 가지 끝을 나갈까? 말까? 망설이며
치장을 끝냅니다
참새들이 애가지 끝에서 혀를 내밀고
나란히 앉아 찰칵! 입춘 사진을 찍습니다

수백 개의 등불

공기가 꼬들꼬들 마르니
고추잠자리 군무에
가을하늘 노을이 빨갛게 군불 지핀다
고슴도치들이 밤나무에 주저리주저리
떨어질 듯 무겁게 붙어 있고
지금 고슴도치의 해산 준비로 분주하다
하얗게 자궁문이 열리나 보다
호 동그랗게 놀란 감나무 수백 개의
등불이 일제히 켜졌다
임박한가 보다
아— 외마디 소리에 나는 눈을 짝 감았다
툭! 툭! 일란성 세쌍둥이다!
바닥에 검붉은 가을빛이 쏟아진다
저 해산의 황홀함이라니

천 판으로 만든 하마비[*]

홍살문 지나 칠곡 향교에 들면
오른쪽에 양현당이 있고
외삼문 앞에 서 있는
하마터면 놓칠 뻔한 키 작은 하마비
임오년에 세워진 하마비의 좌대를 보라!

변한 시대부터 팔거들에는 고인돌이 있어
그 위에는 어머니들의 소원과 정성이 닳아
크고 작은 호박돌처럼 파인 곳
해와 별 산도 그 소원을 눈치챘을……
꽉꽉 눌러 푼 고봉밥처럼 담겨진 지성

북두칠성이 이보다 더 빛나랴
순금이 빛난다 한 들 이보다 더 빛나랴
무슨 애끓는 소원이 있어 몇천만 번이나
손으로 돌려가며 갈았을 돌

옴팍 옴팍 파여 작고

큰 호박돌엔 애처로움만 한가득 고여 있더라

* 고인돌 위에 놓인 돌인데 고분군묘 관(棺)의 뚜껑으로 쓰
였다

마법의 세계

밤사이에 천지개벽
세상은 온통 싹싹 비벼 빤 하얀 속옷이다
빨랫줄을 붙잡고 있는 옥양목 한 필
갓 구워놓은 쿠키처럼 빠작빠작 소리를 낸다
밤사이 손바닥 뒤집듯 세상이 확 바뀌었다
까만 밤을 누가 넓은 가마솥에 삶아 빨았는지
산도 나무도 도랑 가의 돌 하나까지 새하얗다

마법의 세계다
나는 땅꼬마 꼬꼬마로 작아져 있고
마법에 걸린 빨간 남천 열매도
다소곳이 하얀 면사포를 썼다
천사들의 발레가 절정을 이루는데
공기의 헛발질에
천사의 하얀 날개 하나가 뚝 부러졌다

첫눈

실개천의 잘 발달 된 근육이 울퉁불퉁하다
깊어서 뿌연 허공의 무대
손톱 만 한 하얀 배꽃의 향연이다
막이 오르니 수천수만의 하얀 리허설 시작이다
자연의 무대는 깊고 넓고 장엄하다
몇십 년 동안 한 번도 보지 못한 풍경이다
얼레빗 같은 바람의 어깨에 발끝을 세우고
소나무의 앵기 손가락 위에도
무희들이 날으듯 추는 춤이 장관이다

잎 떨어진 나뭇가지에도
마른 풀 가지에도 싸늘한 발레리나의
전설이 소복하게 쌓인다
발끝을 세우고 포개지는 가벼운 발레리나의 몸짓
사그락사그락 발레는 이제 막 시작이다

봄 드라마

봄 햇살이 정자를 온 대지에 배설하더니
만삭이 다된 대지
배의 살갗이 턱턱 갈라진다
배 속에서 하나둘 숨 고르기를 마친 것들
비릿한 냄새와 함께
하나, 열, 천, 만개의 위대한 생명의 탄생이다

대지의 젖꼭지를 아프게 움켜쥔 채 빨아대던
갓 씻은 색 유리알 같은 빨간 떡잎
꼼지락꼼지락 배냇저고리 겨우 벗어놓고
아직도 가시지 않은 젖내 나는 모가지를
간들간들 까만 베레모 덮어쓴 연둣빛 입술

두 살배기 아기 첫 말문 트듯 쏙 빼 올리는
솜털 송송한 긴 꽃 모가지
일 년 만에 햇볕이 연출하는 봄
드라마의 연속이다

꽃분홍 보자기

겨우내 토방에서 무릎 맞대고
참꽃으로 수놓은 대형 보자기입니다
얼떨결에 따라 나온 봄바람이
참꽃에 숨어 황홀한 배꼽춤을 춥니다
비슬산을 싸려고 펼쳐 놓았습니다

저 꽃 수 놓인 꽃분홍 보자기가 너무 곱습니다

안경이 바빠 따라가다가 한껏 열어젖힌 꽃잎에
걸려
수 놓던 바늘에 찔려 나동그라집니다
안 되겠어요
보자기 오므려 등에 지고 오월로
넘어가는 숨 가쁜 연둣빛 숨소리도
아름답기만 합니다

봄 기별

풀꽃들이 무늬 지듯 수놓은 언덕
손 짚고 허리 펴는 뒷동산
할미꽃 털 지팡이 짚고
하현달의 뒤뜰을 돌아
바람의 손잔등에 허리를 기댄다

봄은 아직 개구리 틀니 속에 머뭇거리는데
하얀 앞니 드러낸 방석 꽃의
귀여운 아우성에
벌 떼처럼 우~~달려오는 봄 햇살

백설 공주

천 만개의 가는 안개의 날개들이
기포처럼 뽀글뽀글 끓어 올라
쌀밥이 되는 이팝나무 우듬지 고슬고슬 맛있게 서
있는 하얀 쌀알이
하늘하늘 날개 춤을 춥니다

배배 틀어진 가마솥
눈물로 섞어 쌀밥을 지어내던
울퉁불퉁 통나무 솥 꽃밥
그 넓은 솥엔 엄마 잃은 백설 공주님이
하얀 꽃 양산 쓰고 앉아
소꿉 살림을 차립니다

육필 원고*

그 남자의 고뇌가 유리관 속에 키 재기를 하고 있네
내 키만큼이나 높네
그 속엔 율어지방 총소리에 잠깐 나왔던 태양도 산
산조각 나네
벌교의 개미들 깊은 산속으로 숨어들고
소화는 무서운 사랑의 씨앗을
손톱 밑에 틔우네
동네 들마당엔 개미들의 총살은 일상이 되고
새때기는 붉은 바람에 눕다가
하늘색 인기척에 일어나기를 반복하네
원고 사이사이로 뻗어 나온 태백산맥

농민의 시퍼런 분노는 무기가 되고 빨치산이 되네
밀물처럼 내리치는 토벌단의 기세에
수류탄이 스스로 터져 유리관이 희뿌옇네
그 속엔 백범의 죽음이 말라
파리똥처럼 유리 벽에 붙어 있네

한 사람, 두 사람의 한숨이 모여 강풍이 되고
그 강풍이 만들어 준 갈래 길을
묵묵히 걸어가는 역사의 가슴은 주먹 멍이 시퍼
렇네

그 남자 허기져서 갈피 속에 납작하게 엎드려있네
벌떡 일어났다 다시 눕고 또 일어나네
고뇌가 내 키만큼 겹겹 쌓이고 나서야
이빨을 모두 빼 주고
아쉬운 듯 걸어 나왔다네

* 조정래의 태백산맥 문학관에서

포클레인*

보이지도 않는 것이 힘이 얼마나 센지
살던 터전을 확 뒤집고 흔들고 손을 탈탈 털고
멀쩡히 시행되는 규칙과 법을 뭉개고
도덕과 체면도 꽉꽉 눌러 뭉개고
자기 맘대로 재배치시키는
저 놀라운 능력 좀 봐

있거나 없거나 잘났거나 못났거나
아이나 노인이나 지구라는 한배에 탄 나그네들
고 작은 것들의 힘에 맞서려 했던 과학자나 지식
인도
민낯으로 드러난 연약한 인간일 뿐이네

공상 과학 영화에서나 볼 수 있는 공포에 갇혀
누었더니 허리가 끊어졌다 이어지기를 반복한다
어쩔 수 없이 하루 세 끼 내 정체성만 파먹는
나는 도대체 누구지?

생고무 늘어나듯 길어진 시간으로 줄넘기하며
숨 한 번 쉬는 것이 기적이란 걸 알아가는 중

* 코로나

여름이 바삭하게

알래스카. 알래스카 여름을 깨운 뒤
태양의 몸에 불붙는다
말릴 수 없는 분신이다

달구어진 오븐에 여름이 바삭하게 굽힌다
숨었던 그믐밤도 화상을 입고
톡톡 튀는 바닷가 모래알도 볶이는 참깨다
멋모르고 하늘에 풍덩
뛰어드는 저쪽 달 뜨거워 어쩌나?

무슨 배짱으로 겁 없이 달구는지
연일 태양이 절절 끓는다
기온의 반란이 시작인지 끝인지?
빙글빙글 돌아가는 압력솥이다
말간 땀 벌레도 몸을 말고 발가락에서 머리카락
끝으로
중공군처럼 포복하며 기어오른다

누른 적막을 엎질러 놓은 강둑 버드나무는
가을이라 우기며 잎을 하나둘 떨어뜨리고
매미도 지쳐 목이 헐었다

제비들, 분지의 하늘을 날다

3호선은 시민의 발에 꼭 맞는 꽃물들인 신발
그 신발 속으로 날아든 일곱 색의 물 찬 제비
지지배배 지지배배 쉴 새 없이 지지배배
이집트 투탕카멘 파라오의 머리 위에 올라앉았다가
휙 프랑스 에펠탑으로 또 페루의 마추픽추로 날
아갔다가
빙그르르 돌아와 제 자리에 앉는다

복숭앗빛 탱탱한 볼에서 패파민트 향기가 난다
앞머리 몇 가닥은 분홍빛 찍찍이로 돌돌 말아 올
리고
쫑긋 남색 깃을 세우고 어디로 몰려가는 갈까?

책가방은 어디 두고 홀가분하게 날아다니는지
눈과 귀를 간지럽히는 암놈 일곱 마리
깃을 까닥까닥 흠~~~ 이 파란 풋내들 좀 봐라

여기는 청라역입니다, 라는 안내방송이 나오자
훅~문이 열리자마자 밖으로 내달리는 제비들
저희가 가진 젊음이 얼마나 귀하고 대단한 건지
알기는 할까?

탑 불

경남 거창군 갈계리 삼 층 석탑이 지어준
동네 이름
탑만 남아 허리 굽은
고요가 애지중지 돌보고 있다
마모된 탑의 멋스러움이 위풍당당한
지붕돌 위
쪽 달은 시간의 이끼 위에
턱을 괴고 있다

사색의 깊이가 얼마나 깊은지
실꾸리 열두 개를 풀어도 닿지 않는
통일 신라의 뒤꿈치와 고려의 머리맡에
옹그렸다 폈다
닿을 듯 말 듯……

장어 구이집

손님 불 들어가요!
종업원의 반쯤 벗겨진 목양말이
바쁘다 바빠
장어가 몸을 뒤집으며 지글거린다
시간이 동그랗게 말리며 앵두빛으로 솟구친다
정지된 시간 속에 쏟아내는 아들의 외침
아버지 불 들어가요!
아버지 불 들어가요!

지글거리는 눈물
비통한 이승과의 이별이 지글거린다
울음도 함께 타 하얀 새털구름으로 떠 있고
남은 자들은 뭐를 놓친 듯
허이~ 허이~ 허공에 손을 넣는다
세상에 나왔으면 가야 하는 길 위의 이별
장어 등껍질이 볼록 솟아 젓가락에 붙어있다

3부

친구들아, 봄 마중 가자꾸나

친구들아, 봄 마중 가자꾸나

도랑 건너 남쪽으로 봄 마중 가자꾸나
달걀 하나 삶아 왼쪽 호주머니에 넣고
도시락엔 꾹꾹 눌린 꽁보리밥에 무장아찌 넣어
사각 보자기에 싸서 어깨에 메고
단단한 알사탕 나 한번 네 한번 빨아가며
말표 고무신이 벗겨지도록 이리 뛰고 저리 뛰며
손 꼭 잡고 봄 마중 가자꾸나

이마 넓은 해님이 쏟아내는 따뜻한 선혈에
얼음 낀 도랑은
허리춤이 헐렁하다고 졸졸졸 말을 건네고
햇볕의 실 발을 끊어 먹으려
몰려드는 오골오골 새끼 피라미들!
흙을 젖가슴처럼 꽉 움켜쥐고 묻은 햇볕의 올을
빠는
까만 베레모 쓴 빨간 애기풀들
멀리서 막 눈뜨는 매화 산수유

봄이 왔나 보다

친구들아, 봄 마중 가자꾸나

국우동* 탱자나무

하늬바람보다 얇고 보드라운
떨기나무 하얀 꽃 이파리 지고
그 씨앗 사백 년 전 발아되어
꼭 작은 대문 앞에 두 발로 버티고 선 모습은
꼭 열댓 살 먹은 암팡진 꼴머슴이다

근육이 단단한 그는 대구광역시 기념물 10호
궁금한 햇볕이 파란 가지 등을 타고 들어 오다
가시에 찔려 새털구름과 산비둘기 울음 섞인
동그랗고 노란 신비는 태양이 모태다
커야 탁구공만 한
울퉁불퉁 거친 세월 속에 어찌어찌 살아남은
돌돌 말린 생금 같은 노랑 노랑 경전이다

* 대구 북구에 있는 지명

설유화*

한두 달. 집에만 있어
만나는 사람도 없는데
염색 머리숱의 가르맛길 따라
하얀 설유화가 허리까지 만발했네

기약 없이 돌아간 봄은 언제 발을 돌릴지?
흰 꽃그늘이 숨 막히고 답답한데
하얀 설유화
긴 끄트머리까지 피려고 하네

* 코로나 환경

삭은 갈피

까까머리 막 움트는 저 봄 산 보면
어릴 적 내 친구들 얼굴 포개진다

기억의 삭은 갈피를 먼지 풀풀 헤집어 보면
봄바람에 턱턱 갈라진
내 볼 네 볼
양 사방 번져가던 무리로 핀 산벚꽃
하얗게 핀 마른버짐이 절정이었지
부스럼이 둥그스름한 묘지를 만들고
그 사잇길로 가렵게 꼴망태 메고 지고
쫓기듯 뛰어다니던 배 곯은 쭉덕한 아기니들

마당 한복판에 쌓여가던 거름처럼 높아가던 덜 여
문 꿈

새벽 별처럼 반짝이던 그 청아한 눈빛 아래
배고픔이 코에서 길게 녹아내리고

뚝 그쳤다가 또

귀찮게 다시 내려오는 누렇게 익은 보리밭 고랑

반질반질 소매 끝동이

또 덧칠하려 재빠르게 올라갔던 까까머리들

참꽃

봄,
저 봄이란
우주의 이름 하나를 낳는데
얼마나 힘들었으면
온 산이 막걸리를 독채로
퍼마신 듯
빨갛게 물든 팔공산 볼살

여름의 문양

3호선 의자 내가 앉았던 자리
얇은 사색이 눌려 있다가 튀어 올라
해 쪽으로 기우네
머리만한 수박 여러 덩이가 일어나
출입구로 굴러가네

천만 개의 사색이 앉아 호사를 누리던 그 자리
비워둔 의자는 있고 또 없네
온갖 새, 풀, 구름, 바람, 세상 소리
줄을 타고 뇌리로 들어가는데 요리되어
입으로 튀어나오는 알지 못할 약한 비명들!

소리들로 채워진 노랗고 검은 수박덩이
수박 꼭지를 통해 연신 들어가는
저 무수한 비명들로 꽉 찬 굴러가는 수박들
익은 까만 이야기 몇 개 툭 뱉어내네

어느 여름밤

고흐의 주먹별이 휘몰아치는 화선지보다 더 파랗고 큰 별이 어찌 그리 많던지 별이 바글거리는 까만 밤하늘, 너나 할 것 없이 머리 위엔 별로 만든 왕관이 얹혀있었다. 별들이 몰래 눈 똥이 초저녁부터 감나무 밑, 들 평상으로 휙휙 사선으로 떨어졌다.

저녁 마실 온 옆집 아제는 골마리*에서 이야기 끈을 잡아당기면 쌀부대 실 풀리듯 술술 풀려나온 장화홍련전 심청전 늘 같은 이야기지만 구수한 입담에 우리의 눈망울도 초롱불을 켰다 옥수수 삶아온 엄마 고무신 끄는 소리에 군침이 돈다. 모깃불에 고마리 풀 한 아름 올려놓고 챙이**로 연기 한번 흩어놓고 또 이야기 한 자루 끈을 더 풀라고 아제를 재촉한다. 옛날에…… 하며 끝없이 이어지는 이야기도 삼베 홑이불 밑에서 우리와 함께 색색 잠이 든다.

* 허리춤의 방언
** 키

백 리씩

하루 백 리씩 높아가는 가을
그 가을이 뒷짐 지고 어슬렁어슬렁
팔자걸음으로 여름의 머리맡을 한 번
스쳐 갔을 뿐인데
어느 불손한 역신이 몸매 고운 여름 댓돌에
벗어놓은 신발
긴 도포 자락 휘날리며 약간 취한 여름의
점잖은 헛기침이 돌아오자
입을 막고 놀란 잎들은
얼굴에 붉은 칠을 한 가면을 쓰고
손발을 휘저으며 처용의 흉내를 낸다

일찍 나온 별들이 수군수군 몸을 뒤집고
나뭇잎에 닿아있던 하늘은
하루에 백 리씩 높아만 간다

간통

뒷동산 야트막한 산자락에
밤나무 길게 꽃을 매달아
양 사방으로 암내를 분출하던 날
그걸 어찌 알고 벌들이 중매 서겠다고
윙윙거리며 들락날락해도
고집 센 노처자 그 가시나
"난 절대 시집 안 가요 결혼은 선택이죠."라고
부모 속 썩이더니 순 거짓말이었네

그 가시나 언제 간통했나?
가을이 출렁출렁 넘치며 노랗게 익어 갈 무렵
저절로 벌어지는 하얀 자궁 숨길 수 없어
밤톨 같은 일란성 세쌍둥이
아무도 몰래 풀꽃 돌 터 묵에 숨겨놓았네

서커스

시골 버스를 타고 오다 보니
하늘에 떠 있는
한지에 쌓인 붉은 공 하나
통통 튀어 오르며 전선 줄을 타고
한쪽 발은 얇은 구름을 딛고 섰다

빨간 주먹코를 한 추억이 줄을 타고
노래하며 춤추고
밀가루 퐁퐁 방귀를 내 뿜는다

하얀 구름으로 목수건을 두른 채
그가 지금 전신 줄 사이
가물거리는 추억에 끼어……

하늘 솥

자다 일어나서 와 불 땐다고 난리고 어이?
어무이 달이 중천에 떴다 아입니까?
희안타 생각을 희노애락喜怒哀樂과 구름을 우에 섞어
반죽을 한 단 말가 내사 거짓말 같데이
끓는 바닷물이 어디 있어 저 많은 수제비를 다 떠
여끼고?

아이고! 비끼라 보자
나뚜소, 내가 할낀데 어무이 와카요?
야야~ 계수낭구 도치로 찍으니 토끼들 난리 안지
기더나?
치마자락 불구멍 낼라 단디 걷어붙이고
한쪽 발은 부뚜막에 야무딱지게 올리고
얄프리하게 떠 넣어야제
수제비 잘 익어 하늘 가로 다 동동 떠 가는 것 좀
바라야
왠 일고? 연기도 안 나는데 눈물은 와 나노?

우습제이?
부숫때이로 불 밀어 넣고 나무 주개로 휘휘 저서라

시상* 것으로 배불러도 마음 고픈 사람들이 묵는
긴기라
보름달 하나 툭 깨였고
돌담 위에 애디호박 쌔빌렀더라**
한디 따다 매분 고추 쫑쫑 썰어 넣거라이
아이고! 하늘 솥이 술술 끓고 있은께로 간 맞추라이
고만딸이 몽골이 또뭉치 다 볼러 양동이로 퍼가라
해라
구름 수제비 천지삐까리인기라

* '세상'의 거창지방 사투리
**'많다'의 거창지방 사투리

하얀 쿠데타

자고 나니 천지가 확 바뀌었다
하얀 옷을 입은 병정들이
구둣발로 언제 들어왔는지
앞뜰은 바다처럼 하얀 군병들로 넘실거리고
지붕 위에도 광목으로 싸맨 양
하얗게 점령했다

계엄령이 내렸다고 텔레비전 선 난리가 났다
사람들은 무서워 방안에서 꼼짝도 못 했다
보무도 당당하던 병정들이
하나둘씩 빠져나가는 소리 쿠데타 실패인가?

사람들은 광목을 걷고 나오며
만세! 만세! 소리 지르고
염낭거미를 끌어안은 나무도 몸을 틀며 헛기침한
다
냇물도 빠스락거리며 피라미 등을 민다

햇볕 한줄기
긴 칼로 평정에 나서니
남김없이 다 물러갔다고 연신 방송 중!

문산 월주 건너뛰어

아금암 위에 사뿐 올라앉은 영홍정*
날아갈 듯 깃을 세운 팔작지붕이
갈대밭 태우는 살굿빛 노을에 잠기네

백구가 무리 지어 날아오니
미리 나와 허리 굽혀 영접하는 회화나무
그 새들 영백정 모시고 날아간 뒤

앞마당 푸른 강물 넘실넘실 거릴 때
고고한 달빛 윤슬에 도포 자락 날리며
문산 월주 건너뛰어 새로 오신
아! 영벽정*

*영홍정–영백정–영벽정으로 이름이 바뀌었다

누구의 서정시인가

초인종 누르기도 전
홑 잠을 발로 걷어붙이며
일어나는 봄의 연둣빛 안뜰

갈라진 뒤꿈치처럼 턱턱 흙의 등 위로 내미는
가냘픈 연둣빛 봄 아기들
봄물의 미끈거리는
계단을 밟고 오르는 새싹의 빨간 부리들

힘에 버거운 듯 머리를 간들거리며 올라오고
노루귀는 귀를 쫑긋 세운 채
땅다람쥐 머리를 빠르게 밟고 올라온다
아기들의 오줌 누는 소리도 정갈한 아침은
누구의 서정시인가?

4부

악마의 발톱

악마의 발톱

우선 먹기는 곶감이 달다는 말 공감한다
풍족하고 나태한 일상 속 나의 뇌는 병들어 간다
표나지 않는 작은 공짜에
만족하면 할수록 빨리 시들고 병든다
발전은 되돌아 앉은 공허가 되고
나도 모르는 사이
손가락 하나가 스르르 빠져나간다
아프지 않으니 까짓거 있으나 없으나 하는 사이
발가락이 빠지고 팔이 떨어져 나간 후에야
단체로 큰 병에 걸린 걸 서로를 마주 보며 안다

악마가 발톱을 숨기고
꿀 바른 입술에서 나오는 달콤한 독극물에 속고
또 속는 결과 손 발가락이 다 빠져나가도
남의 것인 양 공짜와 바꾼 내 소중한 팔다리
후회해도 때는 저물고 소리쳐도
내 생의 버스는 이미 해진 신발을 끌고

십 리나 가버린 뒤다

남은 건 병든 몸과 희한 뿐이리라

봄 들판

꽃 판박이 바탕천을
박음질하며 콩닥콩닥 뛰어다니는 봄 봄 봄
온갖 천연색 물을 흩뿌려 놓은 연둣빛 천
그곳에서 천 가지 꽃들이 올라오고
천 개의 잎도 나풀나풀 춤추며 나오는
삼십삼인지 판박이 한 필이다

태양의 잠옷을 만들어 볼까?
싹둑싹둑 들꽃을 베어 원피스를 재단해 볼까?
설유화 애기똥풀 벌노랑이 방가지똥 타래붓꽃
봄까치의 판박이 앞치마를 만들어 볼까?

가조분지

　백두산 천지는 병사봉. 백운봉, 청석봉 쌍무지개봉 등등 여러 봉우리가 호위하고 있다면 가조는 비계산 금귀봉 장군봉 두무산(미녀봉) 오도산 등으로 병풍을 두르고 천지처럼 출렁인다.

　나는 그 물밑으로 하얀 수륙 양륙차를 타고 들어갔다. 백두산 천지에 괴물이 나타났다고 한때 난리가 나서 혹 괴물이 나올까 몸을 움츠리면서 창밖을 꼼꼼이 살피며 잠수함을 운전한다. 거북이가 앞발을 헤집고 나오는 화려한 자태 좀 봐. 잔 물고기들이 떼 지어 몸을 뒤집고 빤짝이는 비늘이 장관이다. 정신없는 집 채 만 한 고래 한 마리 시선을 잡아당긴다. 휙 지나 저 비계산 너머로 사라지자 큰 가오리 서너 마리가 우아한 날개로 오도산 봉우리를 치며 너불너불 내려온다. 잔 물고기들이 휴게소로 오자 못 본 척 지나간다. 놀란 물고기들이 물밑 도로로 확 빠르게 흩어진다. 물 밖 하늘은 실비단처럼 얇은 구름이 흐르고 있고 수륙 양륙 차를 88고속도로로 빼 올린다.

궁금하다

할머니가 부뚜막 위에 물 한 그릇 올려놓고
부엌 조왕신에게
모든 자궁이 음 음──~~한나절이 되도록 빌고 빌
었다

솔가지 지게 위에 얹혀 온 참꽃의
가냘픈 울음소리 같기도 하고
고욤나무 가지에 걸린 조각달의 깊은 하소연 같
기도 한
푸념들이라 생각했는데……

그해 우리 집 벌들의 자궁이 튼튼하여
헛간 처마 끝에 조롱조롱 조롱 맺혔다.
참새들의 자궁도 튼튼했든지 초가집 처마가 숭숭

불랙홀의 길고 검은 자궁도
환한 달의 자궁도

푸른 파도로 위장된 바다의 자궁도
토굴의 어두컴컴한 자궁도
무엇이 잉태되고 있는지?
그것이 궁금하다

인화부인*

좁은 반짇고리 속에서
아기자기 공을 논하는 소리에 반잠을 깼다
비몽사몽간에 나는 고개를 들었다

사실 내 공도 빠지지는 않으리라
미누비 세누비가 달구어진 내 전신으로
젓가락처럼 반듯하게 고았고
잡풀이 숭숭한 시골길 같은 좁은 솔기도
사실 나 아니면 저리 고울 수가 있었을까?
도련이며 섶이 예쁘고 고운 것이
내 손바닥 거쳐 간 덕이 아닐까 생각 들 때

자기 일하지 않는 이가 어디 있으며
하는 일이 서로 다를 뿐이지
내 일 네 못하며 네 일 내 못하니
모두가 다 같은 처지
자기 일만 잘하면 되는 것 아닌가?

규중 부인의 귀여운 노여움에 입을 붙인 칠우七友들 목에

부끄러운 노을이 빨갛게 내린다

* 규중칠우에서 인두

해 질 무렵

삶의 마디마다 아프지 않은 곳이 없네
너의 잡풀이 돋아나 나의 하루를 간섭하네
추억은 바스러진 낙엽처럼 발치에 뒹굴고
갈대처럼 일어서던
너의 음성 들을 수 없다니……

뭐가 그리 바빠 서둘러 총총 떠난 너의 자리는
배부른 고독만 서럽게 남았네
어디 있으나 부산하던 그 장난기
그리움의 그림자만 석양의 미루나무처럼 기네

너는 간곳없고 마음 숭숭 뚫린 구멍으로
수분을 빼앗긴 들풀들의
서걱이는 소리만 들어올 뿐이네

우포늪의 가시연꽃

반라의 몸으로 올라오는 아름다운 여신이다
샤론의 꽃이다.
천사들의 가락지에 살짝 내려앉은 물 나비다

동그란 입술의 빨간 연지 바른
여배우의 빤짝거리는 요염함
그 요염함을 위해

달빛 아래 둥글게 앉아 울퉁불퉁
부지런히 푸른 짚 멍석을 짜는 사내들

아이고~

일어나면 뼈마디 어디쯤에 세 들어 사는지
기뻐도 반가워도 아이고~ 난처해도 아이고~
아이고~ 아이고~ 불러도 대답 없는 이름
무릎과 팔꿈치가 영역 다툼하는지
일어서도 앉아도 아이고~ 아이고~
영어 이름인가? 일본 이름인가? 이두 문자인가?
아이고~ 참 알 길이 없네

마음 깊은 골짜기에서
산골 모래를 굴리며 노는 모래무지의 딴 이름인
가?
하늘과 땅 사이를 내달리는
천마의 갈퀴가 내는 바람 이름인가?

아이고! 아이고!
할머니도 어머니도 돌아가실 때까지 불러도
한 번도 나타난 적이 없는 그러나 흔한 이름

저절로 불려지는 이름 아이고! 아이고!

희멀건 달*

움트지 않은 몽롱한 봄 가지에 마음을 붙이다가
하~ 답답해 창문 밖으로 얼굴을 내민다
저기 저, 자욱하게 밀려오는
성경 속 먹성 좋은 메뚜기 떼들 보라
구름도 벼도 나무도 갉아 먹고
인간도 하얗게 갉아 먹힌 메뚜기 떼의 재앙

폐가 갉아 먹힌 자동차
도로가에 널부러져 앓아 누웠고
거리도 텅텅 지하철도 텅텅
횡하니 텅텅 바람이 거리의 주인공이다
막 산도를 빠져나온 3호선도
지상에 빈껍데기만 덜렁거린다

원전 사고 후 체르노빌이 이랬을까?
웃통을 벗어 던진 두려움이 떼 지어 몰려온다
내가 언제 이 낯선 행성에 와 있었나?

마스크 쓴 두려움이 한 발 두 발 거리를 좁혀 오고
우주복을 입은 의사들이
희멀건 달, 대구의 속으로 들어와
왔다 갔다 바쁘게 죽음의 씨앗을 가려낸다

* 코로나 환경

씻김 나무*

내 키가 커봐야 이 미터
내 키의 백 배보다
더 멀리 나가 물을 찾는
하얀 실뿌리는 나의 용사다

뾰족한 가시로 무장한 작달막한 내 몸 사막 붉은
바람에 날아오는 돌을 맞으며 많은 상처 구석구석 붉
은 노을처럼 파였고 등은 비비 굽어 틀어졌다

양식을 얻기 위해 솜털 같은 발로 땅속을 헤맬 때
나를 노리는 벌레들과 바위 사기꾼
피가 흐르는 발가락에 매달리는 우울 절망 무기력
괴로움 자괴감에 발톱이 다 빠져나가고……
나도 모르게 가시로 찌르고
찔리는 날마다의 전투
풀 수 없는 세상사들
나는 한껏 가시를 세워 봐도

늘 할퀴고 물어뜯기기만 하는

* 사막에 사는 아까시나무

막내 왕자

이른 아침 정사각형 창살 안으로
하반신이 없는 하현달
슬픈 눈으로 들여다본다

어쩌다가 왕가에 늦게 태어난
있으나 마나 한 자식 하나
파란 들보에 싸여 축복을 받았지만
저 많이 남은 둥근 가시밭길
하반신도 없이
시녀도 없이 저 몸으로 어찌 가나
갑자기 덮치는 비구름은 어찌 피해 갈까
출렁이는 그 깊은 물살을 어찌 헤치고 가나
저 하현달.

신비들

하늘에 해와 달은 낮과 밤을 가르고
척추를 세운 체 동서남북 걸어 다니는 바람, 바람
숫구치는 공기의 날갯죽지 속
새들은 숨바꼭질을 쉬지 않고
봄이면 삐죽이 내미는 빨간 새싹들
흙을 가르고 그 속의 비밀을 밀어 올리는
신비, 신비들

바다는 정해 놓은 금을 넘지 않고 넘실거리며
고래와 플랑크톤이 같이 누리는 물속의 삶
서로에게 밥이 되어주는 익숙한 생명들
얼음으로 뒤덮인 극지방에서도
싱싱한 생명을 이어가는 삶의 신비

끝없이 아래로, 아래로 내려가다가
십자가에 턱 걸리는 생각 나부랭이들

천국의 색

쪽빛 천에 나뒹구는 저 하얀 구름 좀 봐!
누굴 내려다보고 있는 걸까?
킬로 만자로의 산 능선에 쌓인 눈 같기도 하고
웃는 아가의 하얀 이빨 같기도 하고
춤추는 여인이 풀어내는
한의 겹겹 입은 흰옷 같기도 한,

옥양목 두루마기의 속자락 같기도 하고
순수하고 깨끗해서 푸른빛이 감도는
남극 빙하의 파르스름한 속살 같은,
당신의 마음 같기도 한……
파르스름한 하얀색은 천국의 색이다

신의 컴퍼스

조물주는 세상을 컴퍼스로 만드셨나 봐
초저녁의 둥근 달의 초대를 받아
먼 먼 창공의 가지에 마음을 건다

내려다보나 올려다보나 모두가 동그라미
사람도 고래도 소금쟁이도 동그라미를
못 벗어나는 건 모두 신의 뜻
비행기도 동그라미로 날아가고
빗방울도 동그라미 속으로 떨어지고
별 무리도 달도 해도 동그라미
생물이나 무생물도 동그라미를 벗어나지 못하고
봄도 겨울도 그리고
나고 죽는 일 또한 하나의 컴퍼스 안
동그라미 속에 또 동그라미 벗어나지 못하는
동그라미 금 밖으로 못 나가는 삶

그날의 영웅들[*]

하늘도 땅도 통곡하며 핏빛으로 물든 낙동강 전선
열다섯 번이나 쓸려가고 밀려오던 파고
숨 가빴던 328고지
수암산 유학산 황학산 기반산을 오르내리며
군번도 없는 수백 명이 목숨을 헌 신짝처럼 내던
진 지게 부대

삼베 실 같은 할머니의 하얀 가르맛길을
전투가 치열했던 각 능선에 걸쳐 놓고
총알이 머리 위로 제비처럼 휙휙 날아다니고
쇠잠자리도 떨어지는 폭우 속
군수물자 지고 불개미처럼 오르내리는
지게 부대 곁에는 잿빛 죽음이 바싹 붙어 다녔다

팔월 염천 피부가 벗겨지고 총알이 박혀 앓던 고
지들
귀를 찢는 포탄 소리에 가르마가 공중으로 솟구쳤

다 가라앉기를 수천 번
  질척거리는 발밑엔 돌멩이도 풀꽃처럼 짓물렀고
  쏟아지는 잠은 죽음이 무엇인지 알 리 없었다

  영혼이 날아간 피 묻은 군복을 입은 손에는 허공이
한 줌 쥐어져 있었을 뿐
  여기저기 터지는 파편은 공중제비를 돌고 죽음이
물구나무를 섰던 길
  "머리를 숙이고 앞만 보고 걸어라."라는 지침에
  가다 쓰러지고 다시 일어섰던 길
  당신들이 계셨기에 지켜낼 수 있었던 이 나라 이
강토
  우리들의 영웅들이여!

  * 호국목이 있는 망정마을 지게 길에 시비로 서 있음

산문

시詩와 생명의 전화

내 생에 아름다운 퍼즐이 여러 조각이 있지만, 그 중 몇 조각을 말하라면 시인과 생명의 전화 상담원이라고 말할 것 같다. 수십 년 전 화장실에서 본 작은 광고는 내 삶에 대지진을 가져왔으니까. 수개월의 상담 교육으로 내 삶이 바뀌었다. '사람은 누구나 다 그럴 수 있다.'라는 것을 전제로 할 때 용서 못 할 일이 없다는 것이다. 너무도 옳은 말씀이다. 지금도 기억하는 말씀이다. 하나하나 알아가는 재미에 하루도 빼지 않고 강의를 들었다. 난 근면상을 받았고 바로 상담에 투입되었다.

1985년이니 꼭 38년 전 일이다. 그 이후 시詩로 등단했고, 지금까지 몸과 마음이 힘든 사람들과 같이 울고 웃으며 이야기를 나누며 밤을 지새는 동안 작으나마 나도 식견識見이 들어가고 있는 것 같았다.

지금까지 올 수 있었다는 것을 신께 감사한다. 세상 물정을 아무것도 몰랐던 나는 내담자들과의 만

남 이전엔 정말 우물 안 개구리였다. 한 마디로 속 좁고, 이타심, 이해심은 찾아볼 수 없는 나밖에 모르던 이기적인 사람이었다. 그렇게 좁은 세상에 갇혀 살던 내가 시詩를 쓰고 그들과 대화하며 서로 사랑하고 나누는 것이, 삶의 가장 큰 축복임을 점점 깨닫게 되었다.

또 얻은 것이 있다면 생명의 전화를 통해 소록도를 알았다는 것이다. 오랫동안 내가 힘들 때마다 찾아가 하룻밤씩 자고 왔던 소록도 작은 북성교회다. 병으로 일그러진 얼굴로 함박웃음을 지으며 뭉텅한 손으로 손뼉 치며 찬송하던 그 모습에 펑펑 울었던 기억들. 고기를 준비해서 일 년에 한 번은 꼭 찾아뵈려고 노력했었다. 간다고 연락해 놓고 어찌하다가 시간 늦게 도착하면 배를 타고 나와서 비 오는 상점의 처마 밑에서 기다리시던 장로님들, 콧물이 흐르는 것도 모른 채 곧 울려는 아기들처럼 서 계셨다.

세상에 공짜는 없다라는 말이 실감 났다. 오히려 힘들 때마다 소록도를 찾아가 교인들과 지내며 방전된 내 삶에 활력소를 얻어 왔다고나 해야 할까. 마치 아기처럼 천진스럽던 그분들 면면은 거의 희미해가지만 이재록 장로님만은 잊히지 않는다. 지금은 세상을 뜨셨지만 참으로 인정 많은 분이었다. 생각지도 않게 어느 크리스마스 날 감사패를 만들어 보내주셨고 나는 어디서 받은 것보다 귀하고 소중하게 지금도 보관하고 있다. 검은 고무줄을 손목에 챙챙 감아 그 사이로 숟가락을 끼워 맛있게 음식을 드시며 환하게 웃던 그분들, 현금이나, 식료품, 의류, 이불 등의 후원은 뒷받침해준 선한 친구들이 많았기에 가능한 일이었다.

나는 조금이라도 상담을 잘하기 위해 계명대학교 자기 성장 프로그램에 수십 번 참여했다. 그로 인해 십여 년간 중고등학교에서 상담도 하게 되었다. 바쁜 틈틈이 대구 정보학교(소년원), 혜림원(구 홀트아동복지원), 여성의 전화, 전원 복지교회, 로터리 클럽, 합천 원폭피해복지관, 선린 복지관, 대구병원, 논공 가톨릭정신병원, 서부노인병원, 자유재활원, 성 요셉병원, 보훈 병원, 아름다운 가게, 고향 어르신 영정사진 찍어드리기. 매일신문 이웃사랑, 복음양로원 목욕봉사 등등 10년을 참여했다. 음성 꽃동네는 확실치는 않지만 30년은 족히 되었지 싶다. 그러고 보니 길게 혹은 짧게 많이 다녔고 후원했다. 매화회란 이름으로 네 명이 다달이 방글라데시 두 아이를 10년 간 후원도 했다.

삼십 대 무렵 동산 병원에 안구 기증을 했는데 서류가 없어졌다고 해서 다시 가서 안구뿐만 아니라 신체까지 기증 서약하고 왔다. 오다가 생각해 보니 세상에서 받은 것이 얼마나 많은데, 다 쓰고 주는 것이 무슨 대순가 싶었다. 새삼 잘했다고 스스로에게 말해 주었다. 지금까지 이렇게 봉사를 할 수 있었던 것은 순전한 가족의 이해 덕분이었다. 내가 바빠 발을 동동 구르면 남편은 차로 약속 시간에 당도할 수 있게 늘 도와주었다. 지금은 생명의 전화 친교위원장과 지도상담원으로 있지만 모두가 바람과 같은 것이다. 지나간 것도 있지만 앞으로 큰 폭풍을 몰고 올지 어찌 알겠는가? 오랫동안 봉사한 실적으로 자랑스러운 대구시민상을 주겠다고 한다. 시민상 수상 여부는 내가 하는 모든 일과는 별 상관이 없다. 다만 주변의 그 독려로 인해 퍼즐이 다양하고 풍부해진 내 삶이 지루하지 않고 신나게 달릴 원동력이 될 것임엔 틀림이 없다.

바쁘게 정신없이 살았는데 그 당시 어찌 그런 생

각을 했을까? 싶어 늘 보이지 않은 신에게 감사한다.
지금 생각해도 잘 선택했다고 생각된다. 거리가 멀어
칠곡에서(지금은 대구 북구지만 그때는 구간 요금을 따로 내는
칠곡이라 불렀다.) 오면 꼭 한 시간 반이 걸린다. 상담을
마치고 버스 안에서 생각하고 쓴 글이다

당신이라면 어떻게 하시겠습니까?

달빛도 별빛도 없는 어두운 자갈길에서
머리에 잔뜩 인 짐을
내려놓지 못해 울먹울먹 일 때

끓어오르는 증오와 분노를 못 삭여
차라리 불나방처럼
불 속으로 뛰어들고 싶다고
벽에 머리를 쿵쿵 박는 소리가 들릴 때

잘못 끼운 열쇠 때문에
이러지도 저러지도 못해
밤낮으로 후회와 자포자기가 교차하고

나는 철면피라고 악마라고 하소연할 때

여러 갈래로 난 길에서
이정표도 없고 어디로 갈지 몰라
혼자 망설이며 이리저리 서성일 때

가는 나일론끈에 발이 감긴 여리고 작은 새
감긴 줄도 모르고
파닥파닥 더욱 날갯짓을 멈추지 않을 때

당신이라면
당신이라면 어떻게 하시겠습니까?

사람 사이는 신뢰와 애정이 중요하다는 것은 기본이다. 어려운 문제도 애정 어린 시선으로 바라보면 그 문제 자체가 달라 보인다. 가끔 이 시詩를 생각하며 정말 어떻게 하면 좋을까를 골똘히 생각할 때가 있다. 몇 번을 되묻는 사이 해답을 떠올리게 될 때도 있다. 내담자는 문제와 답을 동시에 갖고 있는 경우가 대부분이다. 시원하게 털어놓을 수 있도록 분위기를 조성하고 끊지 말고 들어주는 것이 중요하다. 이해하려는 마음으로 깊은 숨을 들이쉬듯 문제를 수용

하면 내 문제로 끌어올 수 있다. 영영 내 힘으로는 어렵겠다는 절망적인 순간 바로 그때 맨 아래 밑바닥에서 올려다보면 희망의 싹을 볼 수 있는 것이다.

지금 앉은 이 자리가 상담원으로서 '한 생명이 천하보다 귀하다'라는 신념과 가치로 그 중요함을 알기에 더욱 간절히 지혜와 명철을 달라고 기도밖에 할 수 없다. 상담원이 되기로 했을 때 나도 세상 물정 몰랐고 가장 힘들고 아플 때였다. 씩씩하고 잘 나갈 때 상담원을 택한 사람도 있겠지만 그런 경우는 드물다고 생각한다. 동병상련同病相憐, 이라고 내가 아플 때 그 아픔을 알기에 아픈 그들을 돕고 싶은 것이다. 도우려고 나왔다가 도움을 받고 가는 모순이랄까? 덤으로 얻어가는 것이다. 그 내담자 속에서 내 문제를 발견하기 때문이다. 그 내담자가 해결되면 내 문제도 동시에 해결된다.

내담자는 상담원이 도우려고 하는 진심을 알고 감사함이 느껴질 때, 무거운 짐을 내려놓는다. 기쁨과 슬픔은 같은 뿌리라고 생각한다. 나만 아프고 슬픈 것 같지만 지나고 보면 꼭 겪어야 할 내 삶의 한 조각에 불과한 것이다. 그런 것들이 퍼즐을 맞추어 아

름다운 인생의 무늬가 되는 것이 아닌가? 상담원이
란 이름은 내 인생의 아름다운 퍼즐에 속한다. 울고
웃는 동안에 50기(2023년은 65기) 수료식을 마쳤다. 아
름답고 슬픈 사연도 있었지만 나를 스쳐 간 수 많은
내담자들이 내 작은 말 한마디에 용기와 희망을 가졌
다면 그보다 더한 가치는 없으리라.

시 쓰기도 결국 세상 아픔과 상담하는 일이 아닐
까. 동병상련의 애환을 나누는 상담원처럼 시인의 자
리 또한 아름답고 슬픈 사연을 가진 생명들과 사랑의
전화를 주고받는 자리가 아닐까.

(에세이집 『밤이 깊으면 어떻습니까』에서)

― 유가형